A los padres

La lectura de libros en voz alta y los juegos de palabras son dos valiosas actividades con las que los padres de familia pueden ayudar a sus hijos a aprender a leer. Las sencillas historias de la serie **Mi primer ¡Hola, lector! con tarjetas para lectura instantánea** fueron seleccionadas para ser disfrutadas en compañía. Cada libro contiene seis páginas de actividades y 16 tarjetas para lectura instantánea, con las que se refuerza la fonética, la visualización de vocabulario, la comprensión de la lectura y la habilidad de la lengua hablada. A continuación le presentamos algunas ideas para facilitar el desarrollo de las habilidades lectoras de sus pequeños:

Lea en voz alta con su hijo o hija

*Lea la historia en voz alta con su hijo o hija y observen las ilustraciones. Hablen acerca de los personajes, el ambiente, la acción y las descripciones. Ayude a su hijo o hija a relacionar la historia con los acontecimientos de su vida diaria.

*Lea partes de la historia e invite a su hijo o hija para que complete el relato. Al principio haga pausas para que pueda "leer" las últimas palabras más importantes de cada renglón. De manera gradual permítale aportar un mayor número de palabras o frases completas. Después hagan una lectura alternada por cada renglón, hasta que su niño o niña pueda leer la historia de manera independiente.

Para disfrutar con las páginas de actividades

*Realice cada actividad como si se tratara de un juego para divertirse. Tómese todo el tiempo necesario para jugarlo.

*Lea la información introductoria en voz alta, para asegurarse de que su hijo o hija entienda las instrucciones.

Uso de las tarjetas para lectura instantánea

*Lea las palabras en voz alta con su hijo o hija. Hablen acerca de las letras, de sus sonidos y del significado de las palabras.

*Relacione las palabras de las tarjetas, con las palabras de la historia.

*Ayude a su niño o niña a encontrar palabras que comiencen con la misma letra y sonido; palabras que riman y palabras con la misma terminación.

*Pídale a su hijo o hija que ordene algunas tarjetas para formar oraciones que aparecen en la historia, y que forme otras nuevas.

El objetivo principal es, sobre todo, hacer divertido el tiempo de la lectura. Muestre a su niño o niña que la lectura es una actividad placentera y significativa. Exprese sus alabanzas de manera generosa y recuerde que, al ser usted el primer y más importante de sus maestros, contribuye en gran parte a consolidar su dominio de la palabra escrita.

Tina Thoburn,
Graduada en educación
Consultora educativa

Soy un bombero

Título original en inglés: *I'm a Fire Fighter*
Traducido por: Rosana Villegas

Texto e ilustraciones © 1995 por Nancy Hall, Inc.

Primera edición por Scholastic Inc.: septiembre, 1995
ISBN 0-590-25497-9

© 2000 Scholastic México, S.A. de C.V.
Bretaña 99, Col. Zacahuitzco
03550 México, D.F.

Primera edición en español Scholastic México: julio, 2000
ISBN 970-675- 024-X

Impreso en México / *Printed in Mexico*

05 04 03 02 01 00   12 11 10 09 08 07

SOY UN BOMBERO

por Mary Packard
Ilustrado por Julie Durrell
Traducido por Rosana Villegas

Mi primer ¡Hola, lector!
Con tarjetas para lectura instantánea

SCHOLASTIC INC.
Cartwheel
·B·O·O·K·S·®

Nueva York   Toronto   Londres   Auckland   Sydney
México   Nueva Delhi   Hong Kong

¡Oye la campana!

CAMIÓN

¡Oye la sirena!

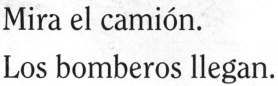

Mira el camión.

Los bomberos llegan.

Yo llevo el camión.

Ya veo el fuego.

Subo muy alto.
¡Ya casi llego!

Aquí está el gatito.
¡Qué día llevo!

Tomo la manguera.

Empiezo a regar.

Regar, regar.

Hasta arriba va a llegar.

—¡Para! —grita papá—.
¡Me vas a mojar!

¡Al rescate!

Señala las cosas que usan los bomberos cuando apagan incendios.

Ahora señala las cosas que no usan los bomberos cuando apagan incendios.

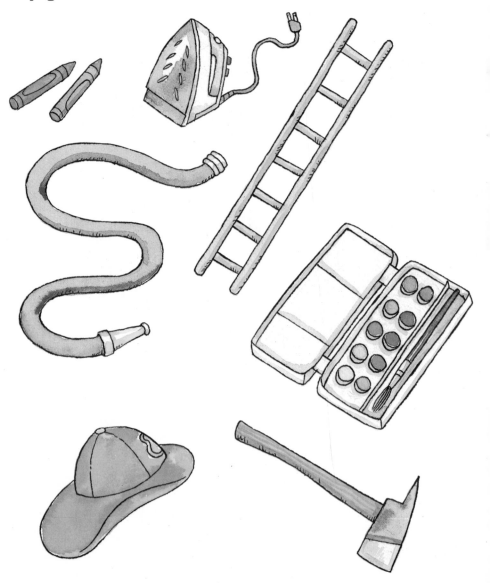

Busca el par

Señala los dos camiones iguales, de cada fila.

Pesca los sonidos

Observa los dibujos. Señala los dibujos que tengan en su nombre alguno de los sonidos de:

Encuentra la rima

Las palabras que riman terminan con sonidos similares.
Las palabras **camión** y **canción** riman.

Para cada palabra de la izquierda, busca la palabra de la derecha que rima con ella.

día   juego

campana   tía

fuego   bonito

gatito   manzana

En marcha

Señala los juguetes que pueden volar.

Ahora señala los juguetes que pueden viajar por el suelo.

Cuando sea grande

A algunos niños les gustaría ser bomberos cuando sean grandes. ¿Qué tipo de trabajo te gustaría hacer cuando seas grande?

Respuestas

(*¡Al rescate!*)
    Los bomberos usan estos:
    Los bomberos no usan estos:

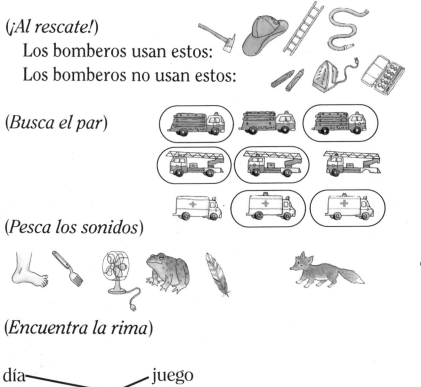

(*Busca el par*)

(*Pesca los sonidos*)

(*Encuentra la rima*)

día ——————— juego
campana ——— tía
fuego ———— bonito
gatito ——— manzana

(*En marcha*)

Estos juguetes pueden volar:

Estos juguetes pueden viajar por el suelo:

(*Cuando sea grande*)
Las respuestas pueden variar.

LOS ANIMALES NO DEBEN ACTUAR COMO LA GENTE

escrito por JUDI BARRETT
ilustrado por RON BARRETT

EDICIONES DE LA FLOR

Colección EL LIBRO EN FLOR
a cargo de KUKI MILER
Traducción: J. DAVIS

Segunda edición: abril de 1996

Título del original inglés
ANIMALS SHOULD DEFINITELY NOT ACT LIKE PEOPLE
© 1980, sobre el texto JUDITH BARRETT
© 1980, sobre las ilustraciones RON BARRETT
© 1992, para la edición en castellano y esta traducción
   EDICIONES DE LA FLOR S.R.L.
Gorritti 3695, 1172 Buenos Aires, Argentina

Publicado por contrato con Macmillan Publishing Company, (USA)

Hecho el depósito que dispone la ley 11.723
Impreso en Argentina - *Printed in Argentina*

ISBN 950-515-807-6

Impreso en *JC* Impresiones Gráficas
Carlos M. Ramírez 2409 - Buenos Aires,
Argentina, en el mes de abril de 1996.

Colección El libro en Flor

Los animales no deben actuar como la gente...

porque para un oso panda sería una osadía

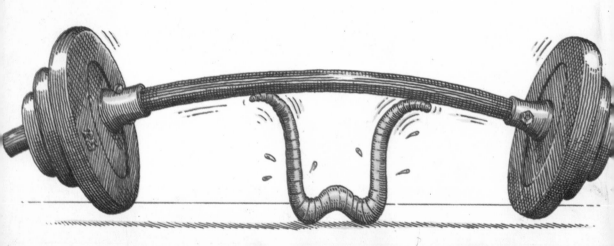

**porque para
una lombriz
nada sería
liviano**

**porque un
pulpo
perdería la
pulpa jugando
al beisbol**

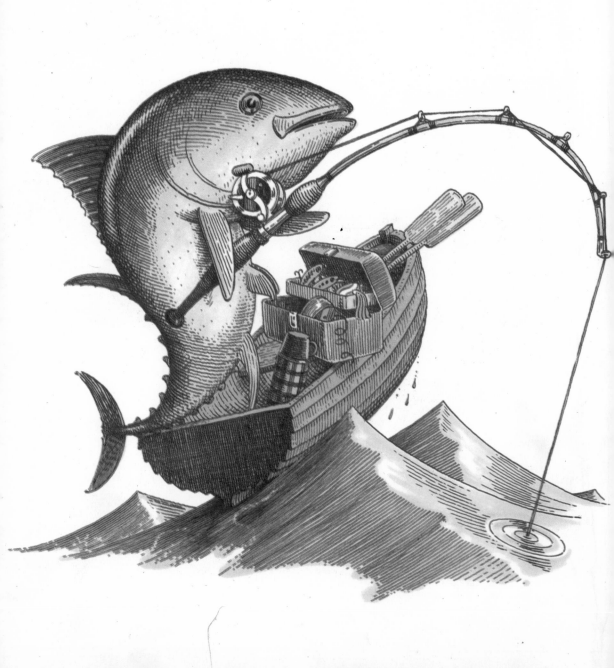

porque para
un pez sería
una tontería
pescar

porque a un hipopótamo habría que ayudarlo mucho

porque una paloma tendría que pagar para volar

porque a una mosca se le caerían sus muebles

porque para
un perro
podría ser
muy aburrido

porque una
jirafa se
marearía al
mirar hacia
abajo

porque sería
terrible para
una tortuga
en una
tormenta

porque para
una oveja
sería absurdo
ondularse

porque para
un avestruz
sería una
molesta
aventura

**porque para
un escarabajo
sería un gran
esfuerzo**

y porque
sobre todo
a nosotros...
¡no nos
gustaría!

OTROS TITULOS DE ESTA COLECCION

Colección El Libro en Flor